AMOR

AMOR

Autor ganador de la Medalla Newbery

MATT DE LA PEÑA

Ilustrador de gran éxito en ventas según el New York Times

LOREN LONG

Traducción de **TERESA MLAWER**

G. P. PUTNAM'S SONS

G. P. Putnam's Sons
an imprint of Penguin Random House LLC
375 Hudson Street
New York, NY 10014

Text copyright © 2018 by Matt de la Peña. Illustrations copyright © 2018 by Loren Long.
Translation copyright © 2018 by Penguin Random House LLC.
First Spanish language edition, 2018.
Original English title: *Love*.

G. P. Putnam's Sons is a registered trademark of Penguin Random House LLC.

Library of Congress Cataloging-in-Publication Data
Names: de la Peña, Matt, author. | Long, Loren, illustrator. | Mlawer, Teresa, translator.
Title: Amor / Matt de la Peña, autor ganador de la Medalla Newbery ; Loren Long,
ilustrador de éxito en ventas según el *New York Times* ; traducción de Teresa Mlawer.
Other titles: Love. Spanish
Description: First Spanish language edition. | New York, NY : G. P. Putnam's Sons, 2018.
Summary: Illustrations and easy-to-read text celebrate the bonds of love that connect us all.
Identifiers: LCCN 2018015517 | ISBN 9780525518808 (hardback) | ISBN 9781984812001 (ebook) | ISBN 9780525518815 (ebook)
Subjects: | CYAC: Love—Fiction. | Family life—Fiction. | Spanish language materials. | BISAC: JUVENILE FICTION / Social Issues /
Emotions & Feelings. | JUVENILE FICTION / Family / General (see also headings under Social Issues). | JUVENILE FICTION / Social
Issues / Values & Virtues.
Classification: LCC PZ73 .D3937 2018 | DDC [E]—dc23
LC record available at https://lccn.loc.gov/2018015517
Manufactured in China by RR Donnelley Asia Printing Solutions Ltd.
ISBN 9780525518808
1   3   5   7   9   10   8   6   4   2

Design by Eileen Savage. Text set in Carre Noir Std.
The art was created with collaged monotype prints, acrylic paint and pencil.
Special thanks to Jase Flannery for sharing his vast printmaking knowledge and expertise with me.

A Steven Malk—M. de la P.

A mi madre y a mi padre,
por toda una vida de amor —L.L.

En el comienzo hay luz,
y dos siluetas de grandes ojos
al pie de tu cuna,
y el sonido de sus voces es amor.

Suenan melodías de amor en la radio de un taxista

mientras tú saltas atrás al compás de los baches de la ciudad

y todo huele a nuevo,
y huele a vida.

Amor, también, es el olor
de las olas al romper, y un tren
que a ciegas silba en la distancia,
y cada noche el cielo sobre tu tráiler
se torna del color del amor.

En un parque de concreto lleno de gente,
tambaleando vas hacia las bocas de riego,
mientras chicos mayores saltan a la cuerda
y suben corriendo por el tobogán,
y muy pronto tú también corres junto a ellos,
y el eco de tu risa es amor.

Y la noche en que suena la alarma de incendio,
te sacan de tu sueño corriendo a la calle,
donde una apacible señora
mira y señala en dirección al cielo.

«Las estrellas brillan aun cuando su luz
se ha apagado —te dice—, y el brillo
con que brillan es amor».

Pero no solo las estrellas se apagan, descubres.

También los veranos.

Y los amigos.
Y las personas.

Un día ves a tu familia
reunida y nerviosa frente al televisor,
pero cuando preguntas qué ha pasado,
te responden con silencio
mirándote a ti y a la pantalla.

En sueños esa noche buscas
el amor que crees perdido.
Abres y cierras gavetas,
levantas almohadones,
vacías cajones de viejos juguetes,

pero no hay nada.

Te despiertas sobresaltado
en los brazos de un ser amado
que te acaricia y susurra al oído:
«Está bien, está bien, es amor».

Y con el tiempo aprendes a reconocer

un amor generoso.

Un amor que se levanta al amanecer

y va en autobús a su trabajo.

Una tostada quemada que sabe a amor.

Y hay amor en cada arruga que marca
el rostro de tu abuelo,
que se sienta sobre un cubo vacío
a pescar.

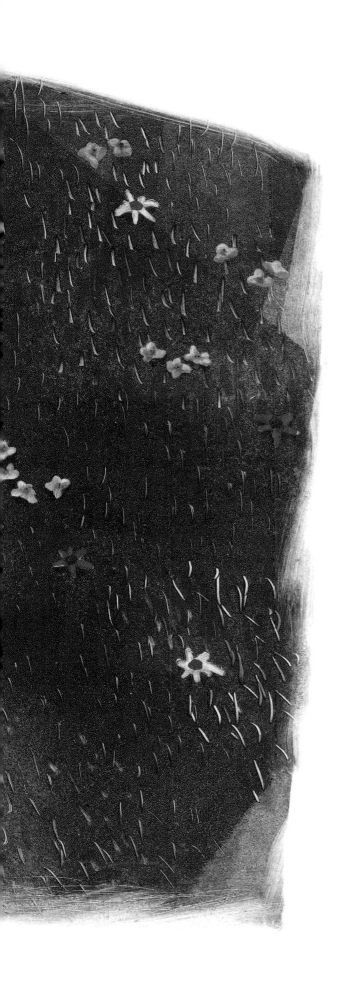

Y hay amor en el crujir de las hojas
de los árboles torcidos
que se alinean tras los campos de flores.

Y hay amor en las historias inventadas que cuentan tus tíos

en el patio de la casa, entre juegos de herradura.

Y el hombre con ropa remendada

afuera de la estación del metro

toca melodías de amor

que se elevan hacia el cielo como faros de luz.

Y el rostro que te mira fijamente
desde el espejo del cuarto de baño,
eso, también, es amor.

Y cuando llegue el momento de emprender
tu propio viaje, fuertes vientos azotarán
los cimientos de tu casa, y grandes
nubarrones grises se acumularán en el cielo.

Tus seres queridos estarán ahí
como pequeñas balsas bajo sus paraguas,
para abrazarte fuerte, besarte
y desearte buena suerte.

Pero no será suerte lo que te lleves.

Porque tendrás amor.

Tendrás amor, amor, amor.

ESTE AMOR
PERTENECE A:

_____